写作魔法书（修订版）

28个创意写作练习，让你玩转写作

白铅笔 ◎ 著

WRITING MAGIC:
28 Interesting
Creative Writing Exercises

中国人民大学出版社
·北京·

图书在版编目(CIP)数据

写作魔法书：28个创意写作练习，让你玩转写作 / 白铅笔著. — 修订版. — 北京：中国人民大学出版社，2019.6

ISBN 978-7-300-26948-1

Ⅰ. ①写… Ⅱ. ①白… Ⅲ. ①作文课 – 中小学 – 教学参考资料 Ⅳ. ①G634.343

中国版本图书馆CIP数据核字（2019）第080405号

写作魔法书（修订版）

28个创意写作练习，让你玩转写作

白铅笔　著

Xiezuo Mofashu (Xiudingban)

出版发行	中国人民大学出版社			
社　　址	北京中关村大街31号	邮政编码	100080	
电　　话	010-62511242（总编室）	010-62511770（质管部）		
	010-82501766（邮购部）	010-62514148（门市部）		
	010-62515195（发行公司）	010-62515275（盗版举报）		
网　　址	http://www.crup.com.cn			
经　　销	新华书店			
印　　刷	涿州市星河印刷有限公司	版　次	2014年6月第1版	
规　　格	170mm×240mm　16开本		2019年6月第2版	
印　　张	9 插页1	印　次	2024年4月第2次印刷	
字　　数	80 000	定　价	29.00元	

版权所有　　侵权必究　　印装差错　　负责调换

给

爱讲故事的小朋友
你的故事让世界
更精彩

前言
写不出来怎么办？写作练习在偷笑

你有没有遇到过这样的情况：对着一个要写的题目，或者自己头脑中的某个想法，拿起笔时，却不知从何写起？平时各种各样奇怪的想法满天飞，一说要写作文，大脑里就一片空白，甚至连一个字也写不出来？

不用担心，这种情况每个人都可能遇到，就算是有经验的作家也有写不下去的时候。可是也不能等到考试的时候再去着急想办法，那怎么办呢？告诉你一个小秘密：平时多做一些有意思的写作练习，能够帮助你把笔头写活，写得多了，在你灵感一现的时候，就能够迅速抓住它，把它写下来。

写作练习有很多种，如描写场景、塑造人物、描述对话、论述观点的练习，这些都比较有针对性，对于提高写作水平是有帮助的，只是有时会比较枯燥。这本《写作魔法书》为你提供的，是一些既有趣又有针对性的练习，能让写作变得好玩一点。

比如联想写作，给你几个不同的关键词或者物体，让你发挥想象力，把它们联系起来，讲一个故事。再如自由写作，给出一个开头或者简单的提示，要求在规定的时间内想到哪里写到哪里，而不要去考虑错别字和语法问题，写出来的可能是你之前怎么也想不到的东西，有时甚至让你吃惊。还有改写童话、五感写作、拼贴故事练习等，都是一些很好玩的写作游戏。其实，不论你想写什么，写作本身都是相近的，而比写什么更重要的，是你对写作的兴趣与想象力。

全书分为四个部分：自由写作、创意激发、故事创作、字里行间。书里很多练习都可以隔段时间再做一次。要知道，写作练习做得越多越好，只要有时间，你就可以写一写。书里附了几篇我的习作，算是抛砖引玉。写这些文字给我带来快乐，因为要和别人分享，让我更加努力去写好。希望大家在读这些作品的时候，权当参考，千万不要给它们打分哦！

你可以直接写在这本书上，也可以准备一个专门的写作本，把你的草稿写在这个写作本上。在你写初稿的时候，尽量不要停下来修改错别字或者语法问题，等到写完之后读一读，然后再做修改。如果你喜欢用电脑写作，也可以在电脑中直接写作和修改，不过一定要保存好。它们都是你的写作素材，是你在以后的写作中可以不断发掘的宝藏。

另外，如果你在写的时候感觉时间不够用，或者还想继续写下去，那就忘掉时间和字数要求吧，跟着你的笔、你的心，一直写下去。

还等什么，拿起笔来，开始写吧！

写作是＿＿＿＿＿＿＿

_____

_____

_____

_____

_____

_____

_____

_____

_____

在开始使用这本书之前，以"写作是＿＿＿＿＿"为题，发挥你的想象力，写一首小诗。

目录 CONTENTS

第一部分　自由写作

1　看图写作　/ 2
2　我的宠物　/ 7
3　我的感觉　/ 11
4　感受春天——五感写作　/ 14
5　一句话开头练习　/ 19
6　给想象力插上翅膀——联想写作　/ 23

第二部分　创意激发

7　拼贴故事练习1　/ 28
8　每天都在你身边出现却经常被你忽略的人　/ 31
9　拼贴故事练习2　/ 36
10　一个你一直想去却没去过的地方　/ 41
11　拼贴故事练习3　/ 44
12　梦境写作　/ 47

第三部分　故事创作

13　从小马过河说起——如何写虚构故事　/ 52
14　童话改写练习1——现代版《小红帽》 / 56
15　你，我，他——每个人看到的都不一样　/ 63
16　童话改写练习2——让他们在故事中相遇　/ 67
17　展示与叙述　/ 71
18　一张故事路线图　/ 75
19　挖掘自己的故事　/ 82
20　把故事说出来　/ 85

第四部分　字里行间

21　在修改中前进——挖掘你的文字　/ 90
22　小心！形容词和副词　/ 95
23　动词——文章里的发动机　/ 99
24　记叙文、议论文、说明文——天啊，我真不想用这些名称　/ 103
25　日记——送给未来的自己　/ 107
26　给老师的一封信　/ 111
27　读书笔记　/ 116
28　写游记　/ 125

写作魔法书

28个创意写作练习，让你玩转写作

Writing Magic
28 Interesting Creative Writing Exercises

第一部分

自由写作

看图写作

在提笔写作的时候，我们的脑子里经常会有很多想法出来打架，可是一拿起笔来，它们就都躲开了。

对着图片做练习可以帮你把杂七杂八的思路梳理清楚。没有思路的时候，图片能够帮你找到方向。想法太多时，它则用边框把你的目光框在一个有限的画面里，让你不至于迷失方向。这样一幅加了外框的画面为你架起了文章结构，你要写的内容虽然被限定在画面里，你却可以想到更多、更远的东西。图片里的人在哪里？他们在做什么？他们的表情后面隐藏了什么想法？他们之前有什么经历？照了这张照片之后，他们又发生了什么事情？

我曾经对着一个图书封面写了一篇文章，篇幅虽短，却把我对一个朋友的主要印象写了出来。

一个图书封面

这真是一张笑得很满的嘴。是的，是那种露出牙齿的很开心的笑。这张嘴是整个图书封面上最吸引人的地方，它让你感觉即便这是一个以黑色为主的比较暗的封面，也

1 看图写作

充满了阳光一样灿烂的微笑，让你情不自禁想要跟着笑起来。

在图书封面上开心大笑的是一位女士。她戴着厚厚的帽子和大红色的围巾，几片雪花落在她的肩头，让你感到的不是冬日的寒冷，而是寒冷中珍贵的温暖。她的衣服是暖的，她的笑容更暖，而且她的笑充满了意味。封面上这位微笑的女士眼睛没有露出来，这更显得她的笑意味深长。

她的眼睛无疑是被设计师"咔嚓"掉了——整个画面卡在了鼻子那里，根本没有给眼睛留出地方来。我很想看到她的眼睛，因为我感觉她的笑容里有故事。这么冷的天，她为什么笑得这么开心、这么温暖？我想，只有内心充盈的人才会如此满足地笑吧。

把目光从那张没有露出眼睛的脸上、特别是那张开心的嘴上移开很不容易，我终于注意到封面上图书的名字：《写出心灵深处的故事——非虚构创作指南》。眼睛是心灵之窗，这个封面上虽然没有了眼睛，却打开了心灵之窗，让人感知到一片广阔的天地。

这本书是李华老师的著作。通过一次活动我了解到，她为了追求自己的写作梦想，到美国学习创意写作，又为了实现自己的理想，回到了中国，在大学里教授创意写作。她热情、积极、快乐地活着，在冬日雪花的映衬下，她身上所焕发出的那种能量让人动容。

写出心灵深处的故事，就从打开这本书的封面开始吧。

> **练习**
>
> 找一张照片，可以是家庭照，比如你和爸爸妈妈的合影；也可以是没有你的家庭合影，甚至是你从报纸杂志上找来的照片——但是一定要有人，上面的人你认识或者不认识都没有关系。围绕照片上的内容自由写作，要不停地写，想到什么写什么，也不必担心错别字和语法问题。
>
> 写完以后，花几分钟读一下，这时可以做简单的修改。如果你不愿意让别人看到你写的东西，那就把你的写作本保存好，把它放到一个安全的地方。
>
> 时间：10 分钟
>
> 字数：300 字以上

提示：看图写作要求在一个限定的画面内，根据有限的素材写作，特别适合练手。一定要记住，写的时候先一鼓作气写完，再修改。

这个写作练习乍看有些疯狂。你一定会想：如果照片上的人我都认识还好说，如果不认识，要怎么写？别担心，你可以发挥你的想象力，给照片上的人以某种身份。为了让写作更加有趣，你甚至可以给你认识的人另外一种你想要他拥有的身份，比如，让爸爸变成一位你并不认识的警察，你曾经捡到过某件重要的东西送到他那里，他十分喜欢你，所以照了这张照片，上面还有他的女朋友（没错，妈妈可以当他的女朋友）。

释放你的想象力，不要给它任何束缚，让它朝着你想要的方向，能飞多远就飞多远。这是个非常好玩的写作游戏，在这个过程中,你挑战的不是练习本身,而是你自己的想象力。要经常做这个练习。在以后写作的时候,你都可以先在大脑里勾勒出一幅画面来。你会发现,这样写作会容易很多。

2 我的宠物

你养宠物吗？你的宠物是什么？狗，猫，鸟，鱼？还是乌龟、蜘蛛或者蛇？哪一种是你养过的最让人吃惊的宠物？它们让你印象最深的是什么？

我养过蜗牛，这是我养过的最特别的宠物了。它们的样子很萌。它们白天睡觉，晚上活动，爬得非常慢，还会留下黏液。最让我印象深刻的是蜗牛会下蛋——就像缩小了几百倍的鸡蛋，椭圆形，有壳；等到孵好，会有小蜗牛从里面爬出来，用稚嫩的触角探索这个世界。嗯，也许哪天我会写一个孩子带着刚出生的小蜗牛旅行的故事。

下面这篇文章，写的是我几年前养过的两只猫。虽然它们离开我已经好几年了，不过在提笔写作的过程中，很多平常想不起来的细节又出现在我的脑海中，我感到笔下的它们仍然十分可爱。对我而言，把它们写下来，就是对它们最好的怀念。

我的宠物：毛毛和二毛

我养过两只猫，那是两只流浪猫，一只体型较小，一只体型较大。体型较小的名叫毛毛，是只黄色的家猫。来到我家之后，毛毛很快便肆无忌惮起来，对一切照顾都理所当然地接受，还不喜欢别人摸它。后来，我捡回了体型较大的二毛，这是一只很漂亮的黑白花胖猫。它之前饿了几天，到我家后终于能够吃饱喝足并且暖暖地睡上一觉了。

可是，二毛来之后经常被毛毛骚扰，因为毛毛每天做的主要事情就是关注二毛的动向，并进行偷袭。毛毛用各种方式挑逗二毛，有时用爪子抓一把就跑，有时在它面前晃两只前爪，有时突然跳到它的背上，然后跑掉。二毛最初对此全然无视，它就只想吃饱睡好。慢慢地，它开始对挑逗有反应，偶尔反击一下，但出手并不重。它似乎默认了毛毛先入为主的状态，对毛毛尽量包容，甚至只是作出些适当的反应，好让毛毛开心。二毛让抱让摸。在你抚摸二毛的时候，毛毛会凑过来，饶有兴趣地看着，如果你这时候抚摸毛毛，它不会拒绝。

后来，我因为很长时间不在家，就把它们送到乡下。据说在乡下的亲戚家，它们干了很多"疯狂"的事情，比如偷偷把鱼缸里养的小金鱼捉住吃掉，在院子里像闪电一样追逐奔跑，和小老鼠做游戏，等等。它们就像一对欢喜冤家，体型和性格迥异，又和谐地生活在一起，简直是两只猫版本的"猫和老鼠"。

> **练习**

从下面两项中挑选一只宠物，进行自由写作。不要让笔停下来，想到哪里就写到哪里，也可以重点描写它最显著、最特别的地方。这样做能够帮助你观察写作对象，练习描述式写作。

如果可以，请尽量多写。写的时候，不要在意错别字和语法问题。写完之后，花几分钟读一下，这时可以做简单的修改。

（1）在路上遇到的宠物。这只宠物是什么样的？它的主人有什么特点？不知你有没有发现，有的宠物和它的主人长得十分相似，有的宠物则和它的主人完全相反。养和自己相似的宠物的人，是不是比较自恋？养和自己反差很大的宠物的人，是不是内心有所渴求？

（2）你养过的宠物，或者你想象中的宠物。像描述你的好朋友一样把它描述出来，写下你们相处的点点滴滴、它有什么生活习性，等等。

🕐 时间：15分钟

📓 字数：400字以上

3 我的感觉

你有哪些感觉?

看这些文字的时候,你运用的是你的视觉。纸是白的,字是黑的。有的时候,我们还能看到漂亮的图片,让人浮想联翩。

一阵鸟鸣从窗外传来。春天到了,小鸟的鸣叫声都那么欢快。这是你的听觉。

你刚刚去洗手,水很凉,初春的自来水摸上去还是冰冰的。洗完手,用干手器烘干一下,很热。这是你的触觉。

记得昨天晚饭妈妈给煮的汤吗?是甜的还是咸的?放了虾皮或葱花吗?嗯,是你喜欢的妈妈的味道。这是你的味觉。

今天去商场,路过一家面包房,香香甜甜的气味很诱人!真是闻起来比吃起来都香。这是你的嗅觉。

视觉、听觉、触觉、味觉、嗅觉,是我们的五种感觉。在写作的时候,试着把它们都写进去,它们能构成细节,让读者知道你的感觉,看到你看的,听到你听的,闻到你闻的,尝到你尝的,触到你触的,从而把他们拉进你的文字中去。

练习

现在，请你舒舒服服地坐好，把你记得的一天当中所有的感觉都写下来，你看见了什么、听见了什么、摸到了什么、闻到了什么、尝到了什么，从早上睁开眼睛一直到晚上睡觉前，尽可能多写一些。如果担心记不住，可以随身携带一个写作本和一支笔，随时随地做笔记，这样有助于你回忆自己的感觉。

写的时候，不要在意错别字和语法问题。写完之后，花几分钟读一下，做简单的修改。

- 时间：15 分钟
- 字数：400 字以上

3 我的感觉

4 感受春天

五感写作

春天来了。

我们怎么知道春天来了呢？

公园里、街道上、学校里，到处可以看到春天的颜色：桃花、迎春花、杏花、樱花、玉兰花……小草绿油油，杨树、柳树抽芽，槐树钻出嫩嫩的叶片……红色、白色、绿色、粉色、紫色、黄色。这些都是我们看到的。

春天还有什么？阳光洒在身上暖暖的，我们不用再穿厚厚的羽绒服，甚至有女孩穿上了漂亮的裙子。天气暖和了，风吹到脸上，感觉柔柔的。时而飘来的柳絮、杨花，钻进鼻子里，感觉痒痒的。摸一摸春天的河水，还是凉的，但不那么刺骨了。这是我们触到的。

还要闻闻春天的气味！花是香的，有的还带着甜味。洒过水的草坪散发出青草和泥土的芬芳，让人闻着就觉得愉快。如果这个时候你到农田里去，恐怕还得忍受肥料臭烘烘的气味。

还有声音！闭上眼睛，你都听到了什么？小鸟的叫声，小溪的笑声，风缓缓吹过耳畔的声音，还有孩子们欢快地玩耍的叫喊声，甚至于种子发芽、小虫爬行都可能听到。

　　品尝一下春天的味道吧，槐树花是香甜的，柳树芽是青涩的，麦苗是清香而甘甜的，野菜是苦涩而清火的。

　　这些都是我们对于春天的感觉：看到的，触到的，闻到的，听到的，尝到的。

看到的
桃花、迎春花、杏花、樱花、玉兰花，红色、白色、绿色、粉色、黄色、紫色。

触到的
阳光暖暖的，风柔柔的，柳絮、杨花痒痒的，河水凉凉的。

春　天

尝到的
槐树花香甜，柳树芽青涩，麦苗清香，野菜苦涩。

闻到的
花是香甜的，青草和泥土是芬芳的，农田里臭烘烘的。

听到的
小鸟叫，小溪笑，风吹过耳畔，孩子的玩耍声，种子发芽声。

春天的感觉

练习

你的感觉能让读者进入你的文字,让他们感受到你所感受的,有一种身临其境的效果。练习描写你的各种感觉,可以让你的作品更加丰满、更加立体。

请用半天的时间去感受一下春天,比如公园、森林、农田或者马路边,调动你的各种感觉来感受它:视觉、味觉、嗅觉、听觉和触觉,然后写一篇文字描述一下春天。尽可能把每一种感觉都写下来,不要漏掉。假如有哪一种感觉给你印象特别深刻,比如视觉,那就多描写一下这种感觉,然后想一想:为什么春天对我来说主要是看到的,而不是听到、闻到或者摸到的?这种感觉对你有什么特别的意义吗,或者勾起你什么回忆,比如去年郊游时认识的朋友?如果有,也请写下来。

如果你愿意,可以在公园、森林、田野等户外场所把你当时的感觉先写下来,但是一定要注意安全,等回到家里再用这些素材整理出一篇文字。写完以后,用几分钟读一遍,做些修改,然后把它保存好。

- 时间:15 分钟
- 字数:400 字以上

提示:这个五感写作练习不仅可以用来描写春天,还可以用来写任何你想写的东西。试试看,用心体会自己的各种感受,也许能带给你特别的发现。

4 感受春天——五感写作

5 一句话开头练习

在这个练习里,我给出了几个开头,需要你从里面挑选一个,接着写下去,写成一个故事。你想怎么写就怎么写,想写到哪儿就写到哪儿。释放想象力,让它带着你去你想去的任何地方。如果你的故事需要更多的人物,尽管把他们加进来。唯一的要求就是:不要让你的笔停住。抓住脑海中闪现的每一个想法,把它写下来。

练习

从下面的句子中挑选一个,用它作为你的开头,写一个故事。写完以后,用几分钟读一遍,做些修改,然后把它保存好。

(1)我坐船出海,来到一个小岛,在上面看到很多奇怪的动物。

(2)今天是星期天,早上起床睁开眼睛,我发现家里只剩下我一个人。

(3)彤彤养了一只小狗,看上去凶巴巴的,但是不知为什么,它特别怕隔壁的那只白猫。

(4)我坐在一辆出租车上,要去图书馆,结果车子越开越快,最后竟然飞了起来。

(5)我再也不想见到亮亮了。

(6)张路去马戏团看演出,散场之后,一只猴子跟着他回家了。

(7)长征五号火箭升空的那一天,我梦见自己成为一名宇航员,准备出发去月球。

(8)我有一个洋娃娃,今天早上,她眨了眨眼睛,忽然开口对我说话,她说:……

(9)菜地里有一只鼻涕虫,遇见一只蜗牛,它对蜗牛说:……

⏰ 时间:15分钟

📝 字数:400字以上

5 一句话开头练习

6 给想象力插上翅膀

联想写作

　　有些素材看起来并不起眼,但是有人却能根据它们写出精彩的故事,因为他有一双善于发现细节的眼睛,以及插上翅膀的想象力。联想写作让我们把注意力集中在一个特定的物体上,由此产生联想,从而捕捉住一个之前它本身并不代表的意思。这样做,能够帮助我们打破惯性思维和传统模式的束缚,发挥创造力。比如化学课上,老师在讲金属,可能有一个同学想到了水果刀,他不知不觉摸了摸手背上的疤痕——这个疤痕让他想起了某段不愉快的经历。

练习

从下面的列表中随意选取一个词，然后根据这个词再联想一个词。根据这两个词写一篇文章，可以是随笔，也可以是故事。写完以后，用几分钟读一遍，做些修改，然后把它保存好。

门	狗	剪刀	书柜	出租车	书包
鹦鹉	快递	牛奶	蚂蚁	防盗网	公交卡
书	眼镜	公路	蜘蛛	中药	仓鼠
火车	楼梯	筷子	衣柜	毛毯	地图
手机	跟踪	靠近	逃跑	哭	温婉
宁静	猛烈	华丽	坚硬	高挑	湿润
辣	光滑	冷落	尴尬	害怕	发抖

比如，我选择了"眼镜"，就会想到"疼痛"，以及准分子治疗手术——这个手术让我的眼睛疼了一个多星期（至今眼睛疲劳时还有点疼），却帮我摘掉了眼镜。我可以写做近视手术并摘掉眼镜的经历，有收获，但也有痛苦。

⏱ 时间：15分钟

📝 字数：400字以上

6 给想象力插上翅膀——联想写作

写作魔法书

28个创意写作练习，让你玩转写作

Writing Magic
28 Interesting Creative Writing Exercises

第二部分

创意激发

拼贴故事练习 1

这个拼贴故事练习要求你把指定的素材编织到一起，发挥想象力，自由地写出一个故事来。可以从自己的亲身经历写起，也可以写完全虚构的内容。如果你愿意，还可以增加新的素材进来。在写的时候，不要给自己任何束缚，如果有故事从这些素材里激发出来，那就让它自由流淌，你则要奋笔疾书，尽可能快地把故事写下来，不要让它溜走。

要是在写的时候遇到阻碍，不知道写什么，也可以随笔写下你此时想到的东西，比如"我要用这些素材写一个故事，但是我不知道怎么写才好。其中一个素材是……"也许随着你的描述，想法就出现了。在写的时候，千万不要因为错别字和语法问题让你脑子里出现的情节或人物飞走。等你写完，有的是时间来修改它。

素材1	素材2	素材3

拼贴故事练习——素材

7 拼贴故事练习 1

练习

根据以下三项中的提示,选择你的素材,把它们联系起来,写一个故事。写完以后,花几分钟读一遍,做些修改,然后把它保存好。

- 一个你印象最深的梦
- 当天你从手机、网络或者报纸上看到的一则新闻
- 一个你身旁可以随手拿到的物体

⏲ 时间:15 分钟

📝 字数:400 字以上

8 每天都在你身边出现却经常被你忽略的人

我们每天要上学、写作业、上辅导课,有空还要出去玩。从周一到周日,可以说每天都塞得满满的。还有时间?还有时间就想好好睡个懒觉。

别担心,这个写作练习不需要单独占用你太多时间,你只需要拿出一张纸、一支笔,在睡觉前用五分钟准备一下,然后记得第二天把它带在身边。

首先找一张纸,把你现在能想到的人都写到上面:你每天都要接触哪些人?爸爸、妈妈、爷爷、奶奶、老师、同桌,还有……你还想到谁?好了打住,先想到这里。

接下来,从第二天睁开眼睛开始,留心一下,看看在一天的时间里,你都接触了哪些人?然后,在你列的单子上对应的称呼那里打个勾。比如,早上妈妈叫你起床,那就在"妈妈"下面打个勾;爸爸送你去上学,那就在"爸爸"下面打个勾;上课和同桌小丽一起听语文老师读课文,那就在"小丽"和"语文老师"下面打个勾;中午去食堂吃饭,打饭的阿姨问你吃什么,那就在

"阿姨"下面打个勾——可是名单上没有打饭的阿姨？

没错，这位打饭的阿姨可能就是每天都在你身边出现却被你忽略了的人。阿姨可能看上去很普通，实在找不出什么特别的地方，所以我们对她完全没有印象。但是，你观察过有关她的细节吗？也许她今天特别开心，打饭时还给你多盛了两块肉。为什么？她的手上什么时候多了枚戒指？她每天有什么样的表情？如果你实在想不出来，那就问问她吧！

我们每天都要接触很多人，但不是每一个人都能让我们记得住。他们身上可能有很多值得挖掘的地方，也有很多值得写的故事。我认识一位在大学食堂打饭的阿姨，她热衷于参加城市马拉松比赛，还拿过很多奖。每次见到她，她都是神采奕奕、精神抖擞。

也许在你的单子上，这位经常被忽略的人是小区的保安叔叔、班上某个沉默的同学，也有可能是和你很亲近的人，比如爷爷、奶奶、爸爸、妈妈，因为每天接触，反而让我们忽略了他们的存在，这都有可能。

8　每天都在你身边出现却经常被你忽略的人

> **练习**

（1）晚上睡觉前，用几分钟的时间，参照下面的表格，把你能想到的每天和你接触的人记下来。不要想太久，写那些一下子就进入脑海的人。记得留几行空白。

姓名	出现否	说明

（2）第二天早上起床后，把这张纸带在身边，同时带一支好使的笔。遇到你认识的人，就在表上相应的地方打一个勾。如果纸上没有写这个人，在下面空白的地方记下他是谁。

（3）回到家里，把你的表拿出来，看看有没有哪些人是你每天接触却被你忽略的人，以及你为什么会忽略他们。凭借记忆，用几个词把他们最显著的特征列在"说明"一栏，比如总是盘着头发，或者留着大胡子，或者常穿白色的衬衣，或者说话粗声粗气，或者突然换了一个发型。此外，你发现他们和以往有哪些不一样的地方？

（4）最后，看看那些你列上却没出现的人。对于这些人，也用几个词把他们的特征列下来。他们可能是对你很重要的人，即便不天天出现在你身边，存在感也很强。

这些你忽略或对你特别重要的人，都是你在写作中需要强化描写的人。在描写的时候，你有时候会感到他们面目模糊，不知怎么描写。这样的记录有助于加强你对人物的细节描写。

8　每天都在你身边出现却经常被你忽略的人

9 拼贴故事练习 2

拼贴故事练习可以激发我们的想象力，帮助我们发现写作过程中有趣而充满创意的一面。

这个拼贴故事练习不需要你自己想出素材，而是需要你从指定的几种可能性中选出一种，然后把选出的几项组合在一起，写成一个故事。和前面的拼贴故事练习相比，这个练习可选的空间更小，但是可以发挥想象力的空间更大，有时甚至充满魔力。

根据后面练习中提供的三组词汇，我选择了"小商贩""牙刷""地下车库"。我进行了10分钟的自由写作，此时各种想法开始在头脑里出现，互相冲撞，于是没过多久，它们变成下面这些文字。

妈妈

小贾收拾着报摊上被顾客翻乱的报纸和杂志，忍不住抱怨了一句：

"光看不买，翻什么翻！"

9　拼贴故事练习2

刚走不远的中学生小刘听见了，回过头来，问：

"你说谁呢？"

"谁听见就说谁！"小贾气儿没消，头也没抬，忙着把一叠晚报码齐。

"不翻怎么知道要不要买啊，你做生意不能这样！"小刘转身走了，觉得无端惹了一肚子气。她今天放假，想和爸爸妈妈一起去看电影，要不是她坚持过来买份时装杂志，可能他们都已经买到电影票了。

小贾抬头，一张明朗秀气的脸庞一晃不见了。他愣了一下，摇摇头，又继续整理杂志。

咦，这是什么？

在一本时装杂志下面，躺着一支没有开封的"狮王"细毛牙刷。肯定是那个女孩丢下的——刚才只有她翻了这本杂志。怎么办？追上去，还是不管它？

女孩晃着马尾辫消失在通往地下车库的电梯上，小贾稍作犹豫，追了过去。

地下车库里，小刘在一辆黑色轿车旁停下来，肩膀突然被人拍了一下。

她吓了一跳，回头一看是小贾，叫道："你怎么追来了！至于吗，不就——"

"不是的，你的——"

"怎么回事？"小刘爸爸从汽车驾驶席下来，快步走近，一把把小贾推开，好让他保持一个安全距离。

"干嘛推我？"

"你追来干什么？"

小贾一脸懊恼，他有些后悔，无奈地举起手里的牙刷……刚要开口，愣住了：车上走下来一个女人！

　　"哎，是我刚买的牙刷！学校买不到这个牌子，我刚在超市买的。怎么忘你那儿了！"小刘眼睛亮亮的，打量着小贾，有点不好意思。

　　"对不住啊，错怪你了。"她晃晃手里的牙刷，"谢啦！"转身上车，说了句："妈，我们走。"

　　小刘和爸爸上了车。妈妈停了一下，定定地看了一眼小贾，也上了车。汽车轰地启动，然后离开，只留下空气里汽油燃烧的气味，让人鼻子发酸。

　　过了好久，视线模糊的小贾从嗓子里挤出两个字：

　　"妈妈……"

9　拼贴故事练习 2

练习

下面列出了三组词汇，都是名词。从每一组中选出一个，然后把这三个词汇放到一起，用它们编一个故事。如果你很难作出选择，那就闭上眼睛，随便用手指一个。写完以后，用几分钟读一遍，做些修改，然后把它保存好。

（1）地下车库　　长白山天池　　报纸　　月球　　亚马逊雨林
（2）酸奶　　　　牙刷　　　　　飞机　　咒语　　冰块
（3）灰毛狗　　　哈利·波特　　　小商贩　孙悟空　女巫

⏱ 时间：15 分钟
📝 字数：400 字以上

10 一个你一直想去却没去过的地方

你有没有特别想去一个地方？为什么想去那里？是对那里的景色感兴趣，还是因为某个故事中提到这个地方，让你心向往之？抑或某个你认识的人是从那里来的，因为这个人，你对那个地方充满期待？

对于这样的地方，你一定已经获得了某些信息。或者通过媒体，或者通过书本，或者通过别人介绍，这些都是其他人的描述，它们构成了你对这个地方的基础印象。那你对这个地方的想象是什么样的？和你已经了解到的相比有什么特别之处？

每个地方都有它自己的风土人情、历史文化。每个地方也总有各种各样性格的人。在这个地球上，没有被人类踏足的地方几乎不存在了。因此，不论是什么地方，至少在我们能想到的地方，都是和人有关系的。把一个地方与人关联起来，这个地方也就有了生命。

练习

写一个你一直想去却没有去过的地方。可以是任何地方，即便是火星也没有问题。告诉大家这个地方在哪里，你对这个地方的了解有哪些，以及你为什么想去这个地方。可以加入你的想象力，如果有故事钻进你的脑袋，那就把它写下来。尽量把这个地方和人关联起来。在写作之前，如果你感觉有必要，先查一下关于这个地方的一些基本信息或者传闻逸事。

写完以后，用几分钟读一遍，做些修改，然后把它保存好。

- 时间：15 分钟
- 字数：400 字以上

10　一个你一直想去却没去过的地方

11 拼贴故事练习 3

这个练习和前面的拼贴故事练习有相似之处，也有不同。它更加具体，给出的三组词汇都不一样，分别是一个主体（名词）、一个动作（动词）和一个地方（名词）。它去掉了更多的选择空间，让你在发挥想象力的时候，写的内容更加具体、生动。

比如，对于本章后面练习中给出的三组选项中的"蜡笔""尴尬""天空"这三个词，一个名叫小凡的男孩可能会想到，自己曾经不小心弄折了同学亮亮的一支绿色蜡笔，被亮亮当着大家的面大声斥责，让自己尴尬得不得了。这时，小凡想，如果自己也有多啦A梦的竹蜻蜓就好了，就能飞到天上去躲开亮亮，然后找到那个无所不能的大胖猫给自己变一支新蜡笔，还给亮亮，好把事情摆平。然后，他们就可以一起去做一些神奇的事情啦！

名词	动词	名词
蜡笔	尴尬	天空

拼贴故事练习——词汇

11　拼贴故事练习3

练习

下面列出了三组词汇，每一组都给出了几个词。从每一组里随机挑出一个词，把它们写到一张纸上，看看它们之间会发生什么化学反应。先对着这三个词思考一下，然后用它们写一个小故事。写完以后，用几分钟读一遍，做些修改，再把它保存好。

（1）山羊　妹妹　面条　羽毛　蜡笔　外星人　榴莲
（2）晕倒　大笑　奔跑　饥饿　尴尬　发呆　梦游
（3）天空　学校　草地　海底　面包房　冰山　实验室

⏰ 时间：15～20分钟
📝 字数：500字以上

12 梦境写作

你经常做梦吗？有没有做过一些非常可怕的梦，半夜里被吓醒，看着黑漆漆的房间，再也不敢睡觉？有没有做过非常好的梦，梦见自己面前有一块美味的蛋糕，足有桌子那么大，刚要张嘴咬，你就醒了过来，感到遗憾得不得了？还有开心的梦，让你在梦里哈哈大笑……有些梦过了很长时间，你都记忆犹新；而有些梦在做的时候很清楚，一醒来马上就忘记了。

准备一个本和一支笔，把它们放到床头柜上，每天早上醒来时，一睁眼就把你的梦写下来。尽量不要漏掉每一个你记得的细节。可能我们不是每天都有梦能记录，不过，做好准备，当你有梦可以记录时，就赶紧把它记录下来。刚睁开眼睛、将醒未醒时的状态最适合记录梦境。有些梦可能十分荒诞，和你平时的经历、心理有很大反差，这很正常，不必担心，梦境中很多都是我们潜意识里的东西。有些梦境则和日常生活没什么差别。它们都是你的写作素材。弗洛伊德写过一本专门研究梦境的书——《梦的解析》，对心理学、文学、哲学等都有很大影响。千万不要小看我们的梦！

> **练习**

每周至少记录一个自己做过的梦。把这些梦都记录到一个本子里。等你记录了至少五个梦境之后,来做这个练习。

(1)从这些梦中挑选一个你认为最有可能发展成一个故事的。

(2)仔细看两遍这个梦境,对它展开"头脑风暴",让大脑自由发挥想象力,看看如果要把它发展成一个故事,都有什么可能性。把你想到的可能的故事线索用一两句话列下来,至少列出五个,越多越好。可以参照下面的图示。

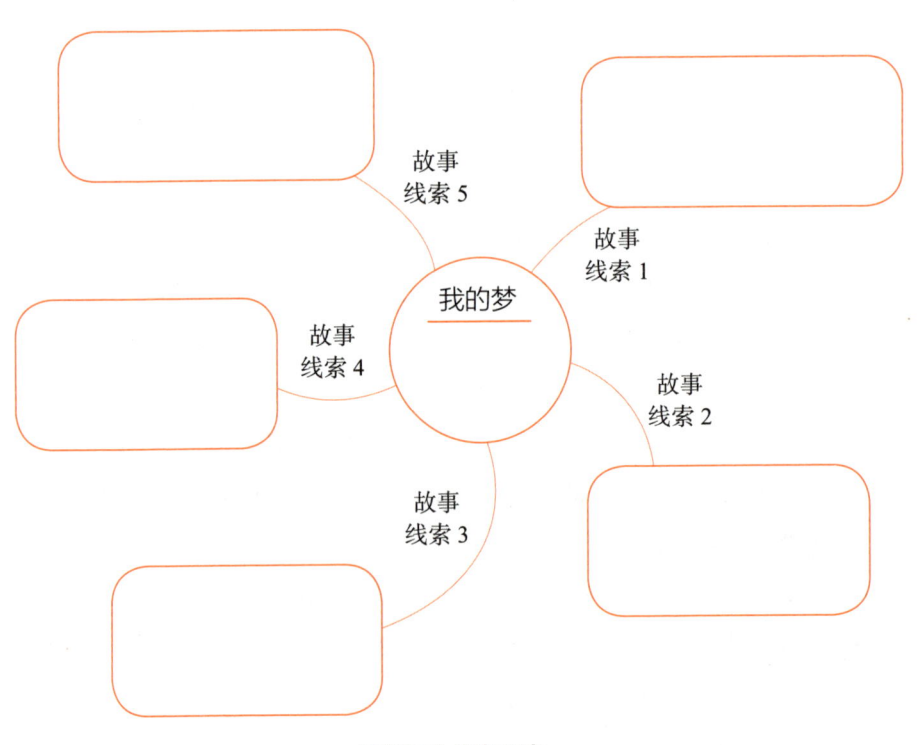

梦境写作故事线索

（3）把你写下的各种可能的故事线索看一下，从中挑选一个你最喜欢的。

（4）根据这个梦境和你挑选的故事线索写一个故事。最好用第一人称来写，因为这是你自己亲身经历的梦境。

这个练习没有时间要求，但是你要一次性把故事的基本情节写完，写成一个相对完整的故事。也许你感觉这个故事有发展成长篇的潜力，你可以做好记录，留待以后开发。写完以后，用几分钟读一遍，做些修改，然后把它保存好。

写作魔法书

28个创意写作练习，让你玩转写作

Writing Magic
28 Interesting Creative Writing Exercises

第三部分

故事创作

13 从小马过河说起

如何写虚构故事

我们来看看下面三组文字:

(1)小马来到河边,蹚水走过小河。

(2)小马来到河边,很担心能不能过河。它努力克服困难和恐惧心理,蹚水走过小河。

(3)小马来到河边,想要过河。河水哗哗地流得很急,看上去也很深。小马有点害怕,但是妈妈鼓励它去努力尝试。它鼓足勇气,小心翼翼地往河里走去。河水很冷,河底的小碎石差点把它绊倒。它迅速调整脚步,发现河水只到膝盖的高度,于是快速蹚水走过小河。

这三组文字讲的是同一件事,看一看,除了字数越来越多外,它们还有什么区别?

第一组讲了一件事情——只是一件事情,而不是一个故事。里面既没有困难,也没有细节描写,我们既不担心小马能不能过河,也感觉不到小马有什么想法。

第二组里,我们了解到小马的心情,知道它遇到了困难,有点担心,但是具体有什么困难,我们不知道。这里只有概括描述,

13 从小马过河说起——如何写虚构故事

没有细节，很难让读者产生共鸣。

第三组里，我们知道小马的想法，以及它遇到的具体的困难。我们能够听到河水哗哗的声音，看到河水的深度，感到河水的温度和河底的碎石块，以及妈妈期待的目光。我们开始担心小马了，希望它能够顺利走过河去，不让妈妈失望。实际上，我们听过的小马过河的故事写得更长，牛伯伯和小松鼠的加入也让故事情节变得更加复杂。

在虚构故事里，一帆风顺的幸福快乐生活是不能带给读者阅读乐趣的。你去看看童话故事，绝大部分篇幅都在讲主人公遭受的艰难困苦，而到最后，主人公终于克服万难，迎来美好生活，一句话就概括了以后的生活："从此他们过着幸福快乐的日子。"

主人公有动机要做什么事情，这时他遇到了困难，这样的情节会吸引我们继续看下去。为了克服困难，他采取了行动，甚至遇到各种危险，直到最后产生了结果。采取的具体行动是什么？为什么面对困难也要去做？这样做会产生什么后果？这就是故事最基本的结构：愿望，困难，行动，结果。要记住，在整个过程中，主人公都是有情感、有想法的，我们要在故事中把它表现出来，这是主人公采取行动去克服困难的内在驱动因素，也是让读者认同主人公，并且让故事更加可信的关键所在。

练习

从下面的选项中挑选一个，把它写成有动机、有困难、有行动、有结果的故事，要在故事里把心理活动和情感描写加进来。

（1）小鸟学习飞翔，飞向了天空。

（2）丁丁想要一个 iPad。

（3）下周就要考试了，小凡还没有做好准备。

（4）外星人土巴的飞船坏了，在我家楼顶迫降。

（5）蕊蕊趁妈妈不在家，试穿妈妈的新裙子。

（6）豆豆终于盼到暑假，可是……

（7）一颗流星落在我的窗外。第二天早上，有人敲响我的房门。

🕐 时间：20 分钟

📝 字数：500 字以上

13　从小马过河说起——如何写虚构故事

14 童话改写练习1

现代版《小红帽》

你一定读过《格林童话》《安徒生童话》这一类童话故事吧！它们感动了全世界的读者，世人把它们奉为经典。这些一代代传下来的故事宝藏，不论长短，在它们故事的表面之下，都有一个很深刻的主题，而且是人类共同的主题。比如灰姑娘的故事，讲了一个不被欣赏的女孩最终得到认可；《白雪公主》讲到了一个女人的妒忌；《国王的新衣》讲的是谎言与真话；《海的女儿》讲了在冒险的爱与安全的家之间的抉择，等等。

不过，这些故事可有年头了。很多故事里面的细节都和我们现在的生活习惯不一样。比如《卖火柴的小女孩》里的火柴，我估计你一个星期（说不定是一个月，甚至一年）都用不到火柴。这些故事大都讲得不注重细节。小红帽被大灰狼吞下去时疼不疼？在狼肚子里是什么感觉？国王穿着他那看不见的新衣出门，不会觉得冷吗？

有很多好看的小说都是从童话故事或者经典作品改编过来的，比如《魔法灰姑娘》；还有的小说把这些童话当作宝藏，从里面获得了大量素材，比如《哈利·波特》。在改写经典童话故事的时

14 童话改写练习1——现代版《小红帽》

候,我们可以按照自己希望的故事结局来改写它们,这么做完全可以只是为了让自己高兴。我们还可以丰富里面的细节,特别是讲得含糊存疑的地方。糖果屋为什么在太阳照射下不会融化掉?蚂蚁和蜜蜂不会闻着气味冲过来吗?我们是不是还可以在上面找到跳跳糖和蛋挞?如果你愿意,还可以改写孙悟空、哪吒他们的故事,让孙悟空找到摘掉紧箍咒的咒语。一般来说,公开发表了的作品是受版权保护的,别人不能随意修改。不过,这些童话故事早已经过了版权保护期,我们在改编它们的时候,对于版权问题完全可以放心。

练习

《小红帽》的故事想必大家都读过。我不知道你看的是哪个版本,不过我相信,如果要找,我们能够找到几十个版本!这里面,有的小红帽是幼稚好骗的,有的小红帽力量强大,有的带点黑色幽默,有的甚至有点血腥。在这个练习的后面,我放了两个版本的《小红帽》,供你参考。

在这个练习里,我们试着把小红帽放到当代社会,故事地点还在森林里,但是我们可以假设小红帽有手机、会上网、喜欢听流行歌曲。小红帽的奶奶一个人在森林小屋里度假,但是她可以看电视、戴老花镜,而且房子大门处有防盗门。大灰狼是森林里所剩不多的野狼——在有人类居住的地方还能在野外生存的大灰狼,是不是更加狡猾了?大灰狼要怎么对付现代小孩小红帽和她那有所防备的奶奶?释放你的想象力,好好构思一下!

请用下面这句话开头,写一个完整的故事。你可以设计自己的情节,如果喜欢前面假设的小红帽的情况,尽管写进去。写完以后,花几分钟读一遍,做些修改,然后把它保存好。当然了,如果你想用其他的句子开头,没有问题,放心用吧,这里的示例就是为了帮助你动笔写起来。

故事开头示例:有个小女孩叫小红帽,住在森林附近的村子里。

🕒 时间:20 分钟

📝 字数:500 字以上

14　童话改写练习1——现代版《小红帽》

14　童话改写练习1——现代版《小红帽》

《小红帽》版本之一——被人救下

很久很久以前，一个小村庄里住着一个伐木工和他的妻子，他们有一个女儿。邻村住着小女孩的外婆，外婆最疼小女孩了，给她织了一顶非常漂亮的红帽子，让她戴上暖和些。邻居看到了，都叫小女孩"小红帽"。时间长了，没有人叫她的真实姓名了。

有一天，妈妈对小红帽说："外婆生病了，戴上你的帽子，帮妈妈带一些酪饼去探望她。"小红帽上路了，不久就来到了两个村子之间的一片树林里。这时，一只大灰狼刚好从这里走过，看见小红帽，就说："小红帽，你要到哪里去呀？"

"我要去看我的外婆，狼先生。"小红帽答道。

"那她住在哪儿啊？"大灰狼接着又问。

"哦，她住在过了磨坊的第一间小屋里。她病得很重，我给她带些酪饼。"

"要是她病重的话，我也应该去看望她。"大灰狼说，"我走这条道，你从树林里穿过去，咱们比比谁先到外婆家。"刚一说完，它就摇晃着走开了，然后一路跑到外婆家门口。"砰砰砰……"大灰狼敲着外婆家的门。

"是谁啊？"外婆问道。

"是我！"大灰狼装出小红帽的声音回答，"外婆，我是小红帽，我给你带来了新鲜好吃的点心！"

"拉一下绳子，门就开了。"外婆从屋里喊道。于是，大灰狼拉下绳子，开了门，冲进屋子。它把可怜的外婆吃了，然后穿上她的睡衣，拿过她的睡帽，扣在自己丑陋粗糙的脑袋上，爬到床上，装成外婆正在床上睡觉的样子。"这个老太太真不好吃。"它心想，"不过那个女孩一定非常美味。"

但是，小红帽还在树林里玩呢。她给外婆采了很多野花，因为外婆不能出门，不能亲眼看到春天的花朵。最后，小红帽玩累了，这才出发去外婆家的小屋。

到了外婆家门口，她敲敲门，"砰砰砰……"大灰狼装出柔弱的声音，从屋里喊道："拉一下绳子，门就开了。"小红帽打开门，走了进去。

"把篮子放在桌子上，到我床边来。"大灰狼说，"我觉得有点冷。"

小红帽觉得外婆的声音有点嘶哑，但又立刻想起来可能是因为外婆感冒了，声音才变的。小红帽一直都是个听话的孩子，于是她走到了外婆床边。但是，当她看到那毛茸茸的胳膊时，她害怕起来，叫道："外婆，您的胳膊好长啊！"

"胳膊长，才好抱你呀，小可爱。"

接着，小红帽又看到睡帽下面露出来的两只竖直的长耳朵，说："外婆，您的耳朵好大哦！"

"耳朵大，才好听得清楚你说的话呀，小可爱。"

"外婆，您的眼睛好大啊！"

"眼睛大，才好看得见你呀，小可爱。"

"外婆，您的牙齿好大啊！"

"牙齿大，才好吃你呀，亲爱的！"大灰狼叫道，突然从床上跳了起来。要不是小红帽跑得快，它就已经把她吃掉了。

小红帽尖叫着跑出小屋。幸运的是，伐木工的儿子卡尔正好路过。他很快就用斧子杀死了大灰狼。小红帽还是很害怕，但是没有受伤。卡尔把她送回了家。从那以后，妈妈再也不让小红帽独自穿过那片树林了。

《小红帽》版本之二——被吃掉

故事经过同第一个版本。大灰狼吃掉了奶奶。大灰狼又吃掉了小红帽。故事讲完了。

15 你，我，他

每个人看到的都不一样

我们在写故事的时候，会选定一个视角，也就是在我们的故事里，要通过谁的眼睛看事物，这个"谁"就是视角。就好像我们作为写作者进入到别人的身体里，看他所看，听他所听，感他所感。

一千个人心目中有一千个哈姆雷特，每个人的视角都是不一样的。还是举小马过河的例子，小马在犹豫着要不要过河时，我们至少可以通过小马、松鼠、牛伯伯以及妈妈四个视角来写：

- 小马——

  河有多深？危险吗？怎么办，妈妈让我过河，可是我不敢。松鼠和牛伯伯都离得不远，我问问他们吧。

- 松鼠——

  河这边的松子都快吃光了，河那边还有很多。那有什么用？上次想过河差点淹死我。咦？那只小马好像想过河，胆子也太大了。

- 牛伯伯——

　　河这边的青草快吃完了，河那边又长起来了。这样轮换着在两边吃，总能吃到嫩嫩的草。哈哈，小马想过河呢，来吧孩子！

- 妈妈——

　　这是第一次让小马自己出门办事，也是小马第一次过那条河。我没有告诉他河有多深，希望他能自己发现：河水不深也不浅，刚刚到他的膝盖。

有没有注意到，上面四个视角中，讲述时使用的都是"我"？这是第一人称。我们还可以换成第三人称，比如对于小马：

- 小马——

　　河有多深？危险吗？怎么办，妈妈让小马过河，可是他不敢。松鼠和牛伯伯都离得不远，他打算去问问他们。

在写作中，我们会根据需要和个人偏好选择一个视角，使用第一人称（我）、第二人称（你）或者第三人称（他、她、他们）进行讲述。不论选择哪个视角，都要牢记：对于同一个事物，不同的人看到的是不一样的。

15 你，我，他——每个人看到的都不一样

> **练习**
>
> 　　参照下面的开头示例，用第一人称"我"重写上一章练习中小红帽的故事，这个"我"可以是小红帽，也可以是大灰狼或者外婆。如果可能，强烈建议你把三个人物的视角都写一遍，试一试，这样写会很好玩！
>
> 　　故事开头示例：我叫小红帽，住在森林附近的村子里。
>
> 🕐 时间：20 分钟
>
> 📓 字数：500 字以上

16 童话改写练习 2

让他们在故事中相遇

前面我们改写了《小红帽》的故事。这个改写练习也是从童话故事入手。可以说，丰富的童话故事之海给我们提供了取之不尽、用之不竭的素材与灵感宝藏。与前面不同，这个练习要求我们把几个童话故事中的人物放到一个故事中，看看不同故事中的人物相遇之后会发生什么事情。那些相似的童话人物遇在一起，会发生什么故事？完全不同的童话人物走到一起，又会发生什么故事？在这个练习里，你可以尽情发挥你的想象力。

练习

从下面选择一组人物搭配，按照你的设想，写一写不同童话里的故事人物相遇之后发生的故事。你也可以从其他童话故事中选择人物，把你感兴趣的这些人物放到一起。在写的时候，记得要让他们经历磨难，尽量让人物通过自己的努力来摆脱困境。写完以后，用几分钟读一遍，做些修改，然后把它保存好。

（1）爱丽丝和匹诺曹。爱丽丝被龙卷风刮飞，远离家乡，她想要回家。匹诺曹因为撒谎鼻子变长了，他希望恢复自己原来的模样。爱丽丝来到另一个世界之后，遇到了鼻子变长的匹诺曹，他们都想回到自己原来的地方或状态。他们会遇到什么困难，又要通过怎样的努力才能达到目的？

（2）白雪公主和小红帽在森林里相遇了。两个柔弱善良的小姑娘都遇到迫害她们的人或者动物——一个是继母，一个是大灰狼。原来的故事里，白雪公主被小矮人和王子救下了，小红帽被猎人救出来了。我们让两个小姑娘在森林里相遇，然后成为朋友。她们在被追杀的时候做出什么努力，或者在什么地方改变自己，让自己变得更加强大，最后摆脱了迫害，干掉坏人？王子和猎人仍然可以是帮助她们的人，但是我们要让两个小姑娘更多地通过自己的努力获得胜利。

（3）灰姑娘和卖火柴的小女孩，两个都是苦命的孩子，灰姑娘最后得到了幸福，卖火柴的小女孩则在寒风中冻死。灰姑娘在受苦的时候并没有怨天尤人，反而保持乐观开朗的心情，保留住那颗善良而美好的心灵，这也是她吸引王子的内在力量。卖火柴的小女孩虽然孤苦无依，但是仍在火光中看到了

16 童话改写练习 2——让他们在故事中相遇

希望，最后怀着最美好的憧憬离开人间。我们让这两个善良的女孩相遇，成为朋友，在困难面前互相扶持。她们要怎样做？你仍然可以让卖火柴的小女孩死去，不过也许她是为了救出灰姑娘而牺牲了自己。

🕐 时间：20 分钟

📝 字数：500 字以上

如果你觉得自己写的故事很有意思，可以一直写下去，直到把它写完。

17 展示与叙述

在写故事时,我们经常用到两种写作方法:展示和叙述。展示需要调动我们的各种感觉,包括视觉、听觉、嗅觉、味觉、触觉。通过这些感觉,我们把一个场景当中的关键细节展示给读者。有的细节直接呈现出故事的核心内容,有的细节则可能带有某种暗示,形成弦外之音。细节描写好了,能够让读者身临其境,感受到你所感受的东西,被你的故事吸引住。当然,细节也不是越多、越具体越好,这需要你多写、多练习,慢慢积累经验。

叙述就是用描述性、总结性的语言把你要表达的内容概括出来,经常在概述一个较长时间段里发生的事情时使用,或者在回顾、加入背景信息、对某个情节进行解释的时候使用。叙述让读者了解到的是概括性的内容,从里面我们感受不到细节;就像一个长镜头,我们看到的是一个整体,有笼统的概貌。相对而言,展示就像是近镜头,我们看到的是一个个的特写,有局部的细节。

比如:

我拿着一支黑色的派克水笔不停地写字,肩膀上一阵酸痛。

这是展示。

　　我写了很长时间。

这是叙述。

　　汤姆和杰瑞在客厅相遇。杰瑞飞快地跑向楼梯。汤姆一个纵身,挡在楼梯口。

这是展示。

　　汤姆和杰瑞是一对冤家,见面就追逐打闹。

这是叙述。

很多作家都建议,要多展示、少叙述。这种说法适合于写故事。实际写作中,我们需要把两种方法都应用起来,根据需要调整镜头的远近。在描写动作、特别是冲突环节的时候,需要更多地用到展示。在加快节奏、概述故事,以及衔接不同的情节或者加入背景信息的时候,需要用到叙述。当然,这也不是绝对的,要根据具体情况判断。

对这两种写作方法多加练习,能让我们的作品张弛有度,更加吸引人,也更有说服力。

17 展示与叙述

练习

从下面几个场景中挑选一到两个，如果你愿意，也可以把它们都做一遍。对它们分别用展示和叙述两种方法进行写作，每种写上 10~15 分钟，分别写成不少于 400 字的故事，然后比较一下它们的效果。

（1）医院里，舅妈躺在病床上，舅舅则沉着脸坐在一旁，眼睛看向窗外。

（2）今天放学后，小凡和几个同学一起玩，结果回家晚了，打开大门，看到爸爸一脸严肃地走过来。

（3）我参加春游，来到一片森林里。

（4）周末的时候，我和爸爸妈妈一起去看望爷爷奶奶，他们给我讲起自己当年的经历。

（5）我到图书馆去借书。

注意：如果使用展示，你可能需要写医院里看到的景象、消毒水的气味、听到的声音、场景中人物的动作，等等。使用展示的时候，还可以把对话记录下来，而不必把自己的判断或者结论告诉读者，让读者根据看到的内容去自行理解。叙述则是站在一定高度上，对事情的来龙去脉做出概括，里面不可避免地会带有你的理解和判断。

18 一张故事路线图

在写作的时候,可以给自己的想法画一张故事路线图。

在写作中,把故事用图形的方式展示在眼前,对于写作特别有帮助。它让你知道接下来要写什么,即使因为偶尔要发散开来写一个次要情节,也能根据图画回到故事上来。这样,写成一个完整故事的成功率大大提高了。不止一次,我要写一个故事,但是写着写着,发现自己越写越远。虽然这样能让我在写作中得到惊喜,但是我开始想写的那个故事还是没写完。这个方法对于写作时总是跑题或者思维过于发散的情形比较有帮助。

有的时候,你预先想好了一个故事,但是在画图的时候,却发现有很多地方想得还不够细致。画路线图让你有机会对这些薄弱或者容易忽略的地方做必要的补充。此外,它还可能带给你惊喜:也许你突然想在某个地方加一个有趣的插曲,又不至于偏离主题。画面展示和文字讲述有很大的不同,用顺手了,画图的直观效果能给你的写作助上一臂之力。

比如,我对于自己成长过程中经历过的几件事总是耿耿于怀,感觉有什么东西闷在心里没有出来。后来,随着长大,我发现克服它需要心理上不断地成熟和强大。于是，我把记忆当中的几个重点事件列出来，画成一张路线图。

我先画出一条曲线。这是一个关于成长的故事，我按照时间顺序在线上标出 A，B，C 三个点。其中第三个点对我心理上的影响最大，第一个点距离时间比较久远。我在 B 点上画上一个人形，代表这里是故事叙述的起点。然后向前连向 A 点，做一段倒叙。再回到 B 点。随着时间推进，走向 C 点，到达心理上最重要的点。此点之后，故事结束。写完这个故事，我感到那种憋在心里的感觉减轻了许多，像文中写的那样，真的"松了一口气"。

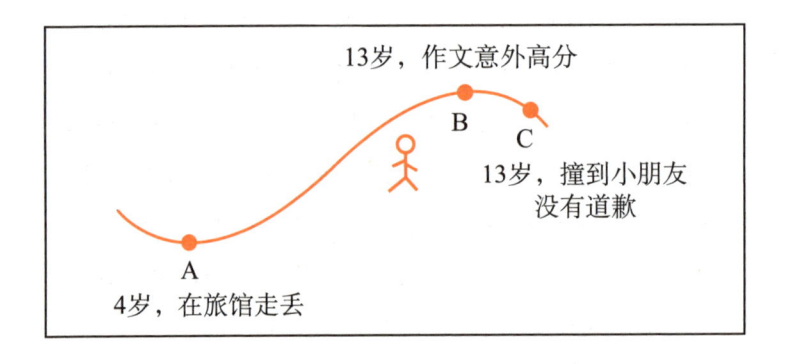

```
              13岁，作文意外高分
                    B    C
                    🚶
                         13岁，撞到小朋友
                         没有道歉
        ●
        A
   4岁，在旅馆走丢
```

"那时我四岁"，我在试卷上写道。

"第一次和爸爸、妈妈、哥哥出远门旅行。我们去了北京，看了天坛、故宫、天安门，还有许多很大、人很多的地方。我的双脚磨出了泡，很疼。到了晚上，我们住进一家旅馆。

"这是我第一次住旅馆，一模一样的房间让我感觉十分新奇，我很想在里面到处走走看看。但是妈妈不让，她

18 一张故事路线图

觉得大家累了,需要休息一下。可是我已经忘记了脚疼,在妈妈休息的时候,就说要上厕所(厕所在外面,是公共的),出门去了。妈妈带我去过两次厕所,她反复问我记不记得房间号,然后才放我一个人出去。

"我上完厕所,忍不住一个人在走廊里走来走去。一排排的房门在一条条的走廊里排列,在一个四岁孩子的眼中,那真是数不清的房间。等我想回去时,我已经记不得自己是从哪条走廊里过来的了。

"这些走廊一模一样,我在其中一条走廊里找到妈妈告诉我的房间号,敲门。开门的不是妈妈。我继续寻找,后来走到另一个走廊里,发现那里有很多水缸,每一口缸里面都盛满了凉水。这时已经不知过去多久,我觉得脚疼得厉害了。抬眼望过水缸,看到走廊另一个方向有人走过来。是妈妈!还有一个旅馆服务员。妈妈问我怎么到这里来了,这么久也不回去。我说我渴了,来喝水。我没有告诉妈妈自己是因为迷路了才走到这里。"

回忆一点点涌上心头,我把自己四岁时在旅馆迷路,又找到妈妈的经历写在了试卷上。这是六年级时一个题为"让我难忘的一次经历"的作文题。经过那么多年,我终于完整地想起了当时的经历,然后在试卷上写下它。在文章结尾,我写道,重新找到妈妈的喜悦让我体会到亲情的温暖和任性的危险。这些都是我的真情实感。交上试卷,我仍沉浸在回忆中,对考试结果倒不那么上心了。

几天后,成绩下来,我的这篇作文意外得了高分。那时,我对写作文还比较抵触,所以写作不是我的长项,而这次感到自己并没有用力想要把它写好，只是真实地表达了自己的内心感受，让真情实感自然而然地流淌出来，反而得到高分。说真的，通过这篇作文，我在心理上收获了很多，对分数已经不那么在意。

"真能干，好孩子！"我想象妈妈看到试卷时会怎么说。一路上，我哼着歌曲，几乎小跑着往家走。

"嘭！"我猛地刹住脚步，感到自己撞在什么东西上。回头一看，一个六七岁的胖胖的男孩摔倒在地上，过了一会儿才放声大哭。

他妈妈就站在一旁，一只手里端着一杯满满的饮料，另一只手一把拉起孩子，大声叫着让他不要哭。

不知为什么，我觉得十分尴尬，也许因为男孩妈妈的大声训斥。我低下头，不发一言，转身继续赶路。

"怎么连句话都没有，不会说对不起吗？"那个妈妈有点不满，像是对我说，又不指明。

我此时已经满脸通红，更不敢作答，飞快地回头看了一眼，同时加快了脚步。那杯饮料摇摇晃晃，被男孩妈妈抓在手里。

"哑巴啊？什么人！别哭了！"更大声的呵斥传了过来。我害怕极了，那个孩子此时哭声更大，还夹杂着他妈妈刻薄的抱怨声。

我虽然比那个男孩大几岁，但也只是个孩子，感到自己无法应对这样的局面，就越走越快，生怕听到那杯饮料还没喝就打翻在地的声音。一进家门，我什么话也没说，把试卷塞给妈妈，来不及听她的表扬，就进到屋里把自己

18　一张故事路线图

关起来。

上一刻还欢天喜地，下一刻就沮丧无比。我怪自己得意忘形撞了人，怪自己没有勇气把道歉的话说出口，隐隐还有点怪那个妈妈太凶了，又担心男孩喝不到饮料。唉，不是什么大不了的事情，弄得小男孩哭得更厉害，我也更加难过。

这时，妈妈推门走进来，问我怎么了。

我看到她手上的试卷，有点想哭，但是忍住了。

"没什么。"

妈妈没有说表扬的话，只是说："经过这么一件事，没想到让你懂事了。"

是啊，每一件事，都能让我成长吧。我感到松了一口气。

> **练习**

写一个你自己的小马过河的故事。如果你愿意，也可以写一个别的故事，为它画一个路线图，然后参照你画的图把故事写出来。

（1）画一条河，给它画出几个弯曲的地方。

（2）在河的不同地方画上三个点，作出标识，比如A，B，C——河这边为A，河中间为B，河对岸为C。

（3）给每一个点设计一个情节，在旁边简单标注一下。

（4）在其中的一个点上画一匹小马，作为开始叙述的点。提醒一下，你不必画得太漂亮，自己知道它是匹马就好了。

（5）然后用一条线，从小马所在的点开始，把三个点连起来。如果你选择中间的一个点作为开始叙述的点，那肯定有一条线是要往回走的，这就是一段倒叙，回忆刚刚的经历；还有一条线是往前走的，那就是按顺序讲故事。

（6）画完以后，用15分钟时间，从小马所在的点开始写故事，一直写到最后一个情节点。

🕐 时间：15分钟

📝 字数：400字以上

18　一张故事路线图

19 挖掘自己的故事

这个练习需要的时间比较长，大概 1 个小时，在周末时间比较充裕的时候，可以把它当作一项挑战来完成。在练习中，你要对自己到目前为止的人生进行审视，还要对你经历过的某个重大事件进行具体叙述。就好像你坐在自己的对面打量自己，重新认识自己，听自己把自己的故事讲出来。

这个练习不仅可以用来写作，还可以用来对自己的人生做一个简单的回顾。如果它有让你感觉伤心的地方，通过写作，也许我们会慢慢把它们放下；如果它有很多快乐的东西，把它们写下来，一定能让我们更快乐！

19　挖掘自己的故事

练习

（1）把你印象当中在自己身上发生过的重大事件列在一页纸上。用两三句话简单概括一下，注明时间、地点。至少列出 10 项。

（2）读一下你列出的事件，从中挑选一个让你印象最深的，或者给你带来最大情感冲击的事件。

（3）闭上眼睛，在脑海中仔细回忆一下，事情发生的具体的地方、人物、事件、各种细节，包括你看到的、听到的、闻到的、摸到的、尝到的。

（4）睁开眼睛，不要再思考，在新的一页纸上快速写下你记起的与这个事件相关的各种细节。想到什么就写什么，不要停下你的笔。

（5）写完以后，在一页新的纸上把这个事件当作故事写下来，尽量把你前面写到的细节加进来。

你自己的经历就是最好的写作素材。把你写的故事保存好，说不定有一天，你会把它写成一部很棒的小说。

20 把故事说出来

现在的我,手里握着笔,笔下有张纸。但是,我就是一个字也写不出来。

这种情况,你有没有遇到过?没关系。连大作家都有一整天写不出一个字的时候,更何况你我?我们只是遇到了一个写作上的小小障碍。

这个练习可以帮助我们克服一些写作障碍,那就是:把故事说出来。也就是说,我们先用口头表述的方式,把想写的故事说一遍,然后根据说的内容整理出一篇文字。

很多时候,我们用说话的方式能够表达出和写出来不一样的东西,这种先口头表达、再落在笔上的写作方式有助于我们挣脱束缚,打开思路,最终让手中的笔动起来。

在做练习的时候,最好先用录音笔录下来,然后根据录音整理文字,并进行修改。相信吗?这个练习就是我用录音笔录下来,然后整理成文字的。

> **练习**

下面照片里的床是海明威睡过的床。照片上的猫是海明威当年养过的猫的后代。戴帽子的人是海明威故居的导游。

（1）对着照片看3~5分钟，观察每一个细节，记住你觉得有意思的地方。

（2）打开录音笔，对这幅照片口头描述一下，把你感到有意思的细节说出来。如果你认为自己记得住，也可以不用录音笔。

（3）根据录音或者记忆，把你说的内容整理出来。

（4）读一读你整理的内容，根据你对图片的理解进行删减和补充。

（5）把你写的文字读两遍，做必要的修改，然后把它保存好。

20　把故事说出来

写作魔法书

28个创意写作练习，让你玩转写作

Writing Magic
28 Interesting Creative Writing Exercises

第四部分

字里行间

21 在修改中前进

挖掘你的文字

前面的练习中,我们写的都是初稿,只做了简单修改,我们要求想到什么就写什么。这在练习写作时是非常有必要的,能帮我们把想写的东西迅速落在纸上,而不让某个念头一晃就不见了。

初稿写好,我们就要进行修改,比如改正错别字和病句;和主题无关的地方要删掉;重复的句子也要删掉;有些地方漏掉了信息,需要补齐。

海明威曾经说过:"所有的初稿都是狗屎一堆。"

所以,初稿写得不好看,不是什么大不了的事情。可能有个别人(只是极少数)下笔如有神,提笔就能写出精彩绝伦的文章来。但是,地球上有超过60亿人,寄希望于让自己成为这样极少数的人,不如努力学习一下怎样修改,这样做对你绝对是有帮助的。

以写故事为例,可以按照下面的步骤进行修改:

(1)花几分钟读一下初稿。顺手改掉明显的错别字和语法问题。

(2)确认故事的主题是什么,在关键的文字下划线,把它标示出来。要保证这个主题是一个值得写的东西，在这个主题下，主人公在故事中有成长、有改变。这个成长和改变一定要与主题有直接的联系。

（3）把与主题不相关的地方删去。

（4）充实主题，深入挖掘，做适当的补充。加入一些细节描写和对话，能让你的文字更打动人。

（5）如果有必要，修改一下结尾。

（6）再通读一遍，把你能发现的需要修改的地方都改好。

接下来，把它放上几天，甚至几个星期。等你快把它忘记了，再拿出来读一下，改一改你认为需要修改的地方。也可以给你信任的人看一下，让他们提出建议，至于是否采纳，要看你自己的判断。

比如，我要写一篇文章，记述清明节扫墓的事情。我们可以称它为记叙文，也可以说它是一个故事。我和家人去扫墓，看到了什么、听到了什么、想到了什么，都是我的经历。我首先要写一个初稿，把记得的和想到的东西都写下来。

写完之后，读一下初稿。思考一下：文章的主题是什么？整个扫墓过程中什么事情让我印象最深刻？经过扫墓，我的心理有什么变化？变化在哪里？读者看过后，他从我这里能得到什么？多问自己类似的问题，找到文章的主题。

可能在扫墓中，让我印象最深的是父亲流下的泪水，平时严肃甚至有点严厉的父亲这一刻的表现让我对他的看法有了改变，他对自己父亲的感情让我反思了我平时对他的看法，而读者也可能从中反观自身，有所领悟。于是，我的主题可以定为：通过扫墓，重新认识父亲以及我与父亲的关系。

再看看哪些地方需要删去，哪些地方要深入挖掘：哪些地方是值得记录下来的？哪些内容是不必提及的？哪些是有潜力深度开发的？比如：坐什么车去的；路上经过哪些地方；天气怎样；扫墓时都做了什么；放在墓碑前的一束菊花；父亲说给自己父亲的一句话；回来时的交通状况。

  在我看来，去墓地时的天气值得一提，中国自古有"清明时节雨纷纷"的描写，与扫墓人的心情有所映照。去墓地的交通工具则看情况。如果路上因为堵车增加了对扫墓的期待或不耐烦，则值得一提。扫墓时做了什么以及我心里的想法属于文章核心事件的细节，需要用清晰简明的文字说清楚，尽量照顾到细节，比如修剪墓碑旁的树，点明是松柏更好；爸爸在墓前洒了一瓶酒，点明是什么牌子的更好。

  父亲的眼泪是一个值得深入挖掘的地方，可以回顾一下平时我和父亲关系紧张时的样子。来时路上如果我们发生了言语上的冲突，则能够增加这篇文章的张力。看到父亲扫墓时的样子，我想到了什么？父亲和平时印象当中有什么不一样？父亲对自己父亲说的话，让我对他有什么改观？这次扫墓之行让我们对彼此的理解加深了。如果我在扫墓时说了什么、做了什么，让父亲对我也产生改观，也要写下来，这些都是与主题关系密切的地方。要注意在说明细节时尽量用展示的方法，少做判断或把你的结论直接拿出来。让读者自己看到你做了什么、想了什么、有什么变化，效果会更好。

21　在修改中前进——挖掘你的文字

> **练习**
>
> 从你之前写过的文章中挑选一篇，对它进行修改。仔细想一想你写的主题是什么，哪里是多余的，哪里是可以深入挖掘的。要牢记，这个可以深入挖掘的地方是和你的文章主题直接相关的，而且经过这件事情，你或者在行为上、或者在和别人的关系上、或者在心理上产生了变化。把这种变化展示出来。

22 小心！形容词和副词

名词、动词、形容词、副词，这些词语组织在一起，成为句子；句子集合起来，又成为段落；段落放到一起，就成为文章。我们需要在不断的学习当中积累词汇，丰富自己的语言素材，这样在写作的时候才能得心应手，想到什么，都能够找到恰当的词汇表达出来。使用好了，这些文字能让我们的作品变得更加强大。

美国非虚构写作大师威廉·津瑟在他的著作《写作法宝》中说，他所推崇的写作风格，是"清晰、朴实、简明、人文"。我深以为然。很多时候，写得花哨要比写得朴实容易，写得含混要比写得简明容易。清晰质朴的文风对于大多数写作都是适用的，对于我们考试中经常遇到的记叙文、议论文或者说明文更是如此。

写初稿的时候，我们经常为了强化某个想要表达的内容，而使用很多形容词和副词。这些词语有些是恰当的，有些则是多余的，它们待的地方通常比较隐晦，躲在暗处，不易被察觉，但是让你的文字读起来就是感觉差那么一点火候。

比如，要写一辆车从身边飞快地开走了，可能写下"一辆轿车飞快地疾驰而过"。疾驰本身就有飞快的意思了，所以在修改的时候，"飞快地"这个副词应该删去，不影响意思，反而使文字更加精炼，或者说"一辆轿车飞快驶过"也是可以的。不需要说，我们就知道大海是无边的、乞丐是脏兮兮的、血是鲜红的，所以"面向大海"不必说成"面向无边的大海"，"走来一个乞丐"不必说成"走来一个脏兮兮的乞丐"，"伤口流血了"不必说"伤口流出鲜红的血"。要知道，干干净净的乞丐才不正常，这一点有可能值得你深入挖掘；流出的如果是蓝色的血，则很有必要说明一下了；海子那句"面朝大海"如果换成"面朝无边的大海"，可能就没有那么多人喜欢了。

即使在写抒情的散文或者诗歌，这些有重复含义的形容词和副词也不一定能给你的文字增添色彩。对于故事、应用文来说，对待形容词和副词更要谨慎。在对自己的初稿进行修改时，要特别小心你使用的形容词和副词。

22 小心！形容词和副词

练习

从你前面做过的练习中找一篇习作，可以是经过简单修改的，也可以是没有修改过的初稿。接下来，按照下面的步骤进行修改。

（1）用2分钟读一下这篇习作，把需要修改、补充或删除的地方划出来。

（2）删掉多余的部分，补充缺少的内容，修改有问题的地方。

（3）再读一遍这篇进行了初步修改的稿件，把你能发现的形容词和副词都划出来。

（4）逐个检查哪个形容词或副词是多余的，把它们删掉。如果可能，试一试把它们都删掉，看看是否影响阅读。

（5）最后检查一下有没有错别字，把你修改过的稿件重新誊写一遍。如果是用电脑打字的，那就存盘保存。

重新读一下修改过的文章，有没有感觉好一点？

23 动词

文章里的发动机

看看下面两个句子：

芦生用小棍打了一下牛屁股。

芦生用小棍抽了一下牛屁股。

你觉得哪一句更好？我觉得是第二句，因为"抽"字比"打"字更有力度，而且"打"的范围太大，"抽"则更加形象准确地把姿势、角度都带出来了。

用类似的文字写同样的内容，但是读起来让人感觉不一样，有的文字每一个都敲在你的心头，有的则不痛不痒，让人印象泛泛。这，就是好文章和平凡文章的差别。

比如，余秋雨在《都江堰》中写道：

不知是自己走去的还是被它吸去的，终于陡然一惊，我已站在伏龙观前，眼前，急流浩荡，大地震颤。

这个"吸"字很好地把身体那种不由自主地靠近的状态表达出来，可以说，比用上五六个形容词或者副词都要好。

再如，食指在《相信未来》一诗中，开头两句这样写：

当蜘蛛网无情地查封了我的炉台
当灰烬的余烟叹息着贫困的悲哀

"查封"和"叹息"两个词让这两句话意味深长。从此，蜘蛛网不再只是蜘蛛网，而是某种束缚；余烟也不再只是余烟，它有了情感。这就是动词的力量，让文字发光，带给句子能量，堪称文章里的发动机。

中文的表达能力很强，同样的动作，我们可以找出几个、十几个甚至几十个词来写，比如说走路，可以说成"走""漫步""散步""踱""溜达""疾走""独行""压马路""迈步""移步"等。我们在平时就要养成积累词汇的习惯，特别是指代动作的词，精准而形象的动词能让你的文字更有力量，而不必借助副词来做修饰。

表示"走"的动词：

漫步	游走	踏步	溜达	散步
奔走	蹒跚	游荡	闲庭信步	大步流星
踱	疾走	独行	移步	压马路
蛇行	跳走	逛	遛弯	踯躅前行
举步	踏歌而行			

23 动词——文章里的发动机

练习

（1）从你的初稿中找出一篇，把里面的动词标出来，在下面划线。

（2）挑出其中你觉得最重要的10处动词，试着找出5~8个意思相近或更准确的动词，比较一下，从里面挑选出一个最令你满意的词。

（3）把这10处动词都修改完毕后，重新读一下你的文字，看看有什么不一样的感觉。还有没有其他可以改进的动词？把它们挑出来，用同样的方法修改一下。

24 记叙文、议论文、说明文

天啊，我真不想用这些名称

记叙文、议论文、说明文，对于这样的名称，你是不是非常熟悉？相信你很多年以来都在不停地写这样的文章。有时候是老师留的作业，有时候是在考场上。对于擅长这种写作的人来说，它是加分利器；对于看见这样的题目就头疼的人来说，它也是丢分重镇。很多人一看到这几个词，就会产生抵触心理，写作的灵感也突然不知去向。

要知道，写作是一个人一生中一直需要使用的技能，即便你不当作家或者不以写作为生，一支好使的笔杆子也都是你强大的工具。

其实，很多时候，我们都是被这些名称吓到了。让我们试着把这个问题简单化，看看它们到底是什么。这里对它们的看法可能不太全面，但是对于理解每种文体的性质，并且让你写的东西达到一个合格的标准，然后在这个基础之上再逐步提高，都有一定的帮助。

记叙文就是在讲故事，让你记述一件事情发生的始末以及感受。这个故事之所以要记述下来，肯定有它值得写的地方。

议论文是就某一事情进行概述，然后说说别人的观点，再谈谈自己的看法。

　　说明文就是要把一个事物或一件事情是怎么回事尽量清晰地说清楚，并把需要注意的地方指出来。

　　对于记叙文来说，讲故事有讲故事的技巧，这个故事关乎意义。同样一件事情，换个角度可能讲得更好，关键是抓住它值得写的那个点。

　　对于议论文来说，谈观点有谈观点的方法，如何在别人观点的基础上提出自己的观点很重要，保持一种批判性的眼光能让你看待事物的观点更加可信。这是一种"他说，我说"的观点碰撞，要言之有物、言之有据，而不能泛泛空谈。

　　对于说明文来说，说明事物有说明事物的办法，要条理清晰与意思明了地把功能、原理解释清楚。可以概括为"怎样做什么"的结构，要说明的事物是什么、它是怎样运作的、要注意些什么，把这些内容讲清楚，让读者看得明白。

　　在写这些文章的时候，我们不妨抱着一种愉快的心情，把它当成一件好玩的事。

24 记叙文、议论文、说明文——天啊,我真不想用这些名称

练习

(1)记叙文、议论文和说明文,你认为它们都是什么?

(2)这三个文种,你最喜欢哪一种?为什么?

(3)这三个文种,你最不喜欢哪一种?为什么?

(4)你对这三个文种有什么看法?你觉得自己怎么才能把它们写好?

回答一下上面几个问题,让自己对它们有个清醒的认识。请注意,千万不要因为自己也说不清楚的原因就讨厌某一个,这样对它们不公平。

把你对这几个问题的回答放到一起,看看你是不是得到了一篇文章?给它起个题目吧!

25 日记

送给未来的自己

养成写日记的习惯，对于写作非常有帮助。很多作家都有写日记的习惯，也有人专门准备一个本子，把脑子里冒出来的想法随时记录下来。

日记可以是每天经历的或详细或粗略的记录。对自己一天的生活有个回顾和梳理，可谓好处多多。过几个月或者几年，再翻看自己当时记的日记，你能从中找到让自己吃惊的东西。它帮你保存记忆，记录感想，记下自己的观点与评论。

日记还可以是你故事的源泉，能够把你想到的写作创意记录下来。可能你现在没有时间把它们发展成为故事，但是创意一闪即逝，如果不抓住，它们就永远地离开了。把它们记录下来，它们就是你今后写作的素材。这些现实的以及想象出来的东西都是你的宝藏，你甚至可以把它们作为考试时的素材，积累得越多，你在使用的时候就越得心应手。

记日记的时候要注意，不能对自己太挑剔。你是在记录一天当中真实发生的事情、经历、所见所闻、所感所想，或者你想到的各种写作点子。在写的时候，不要对自己品头论足，也不必太在意语法和错别字的问题。当然，能写得符合语法并且尽量少写错别字最好，但即便是学识渊博的人也可能写错别字，特别是在写第一稿的时候。如果你今后有机会用到日记里的写作素材，你总有时间对它修改润色。

什么时候写日记？

大多数人都在晚上睡觉前写。作业写完了，或者一天的活动完成了，你换好睡衣，洗漱完毕，打开台灯，坐在写字桌前写下你的一天。有的人养成了睡前写日记的习惯，如果哪天没写，睡觉都感觉不踏实。你也可以根据需要在白天写日记，但这个时间要尽量固定下来。

那么，每次写多长时间？写多少字？

我想说，尽可能写久一点，尽可能多写一点。写作就是这样，你写得越多，它就和你越亲近。我建议你每周至少写三篇日记，每次至少写10分钟，或者写下不少于400字的篇幅。

如果能在写作的过程中学习一些写作技巧，对你的写作帮助更大。当然，你也可以将这本书里的写作练习当作日记来写，每天写一篇，把你当天的经历和想法加进来。书里每个练习都可以做不止一次，你每天的经历和想法也不一样，所以这本书是一个可以一直做下去的练习册。

一定要坚持写下去。让日记成为你最忠实的朋友，倾听你心里的秘密，和你做伴。

我认识一个女孩，六岁开始写日记，从开始只能写拼音，发展到写一句话、一段话，再到洋洋洒洒写几千字甚至上万字。大概十年里，她写下了60万字的日记，而这些都是她珍贵的成长记录和写作素材。

把你的习作、日记都保存好，就是你送给将来的自己的最好的礼物。

25　日记——送给未来的自己

练习

花 15 分钟写一篇日记。写什么都行，一天的见闻、读书感想、某部电影的观后感、一个突然想到的故事，甚至是你的牢骚和不满。写完后读两遍，简单修改一下。

26 给老师的一封信

你写信吗？

现在，我们有了手机和电脑，通过发送微信消息、电子邮件、短信、QQ 聊天留言，就可以把想说的话告诉别人，既快又方便，而且很快就能得到反馈。正因为如此，手写信件越来越受到冷落。

手写信件需要你一笔一画地把字写下来，还要边写边构思，而且需要遵循一定的信件格式。如果中间写得不满意，还得重新写一遍，这让很多人都感觉不方便。但是，正因为手写信件节奏慢、更慎重，反而让我们写的时候思考得更多，也更显出我们对写信对象的尊重，让我们更珍惜自己写下的每一个字。试一试手写一封信，送给你的爸爸妈妈、爷爷奶奶、同学朋友或者是老师，把你想对他们说的埋在心底的、最真诚的话告诉他们。

写信的时候，最好打个草稿，这时不用在意错别字和语法问题，但是要挖掘自己内心深处的想法，并且在想法冒出来的时候迅速把它们抓住写下来。记住，不要放过任何一个想法。写完之后，直接在草稿上作出标记，纠正你发现的错别字和语法错误。然后，找几张干净的纸，可以是稿纸，也可以是普通的打印纸，在上面靠左的地方，顶头写下"亲爱的×××："，接着另起一行，空两格，把你的信整齐地写下来。抄写完毕，在靠近页面右下角的地方，写上你的名字和时间。一页写不下，可以写两页甚至三页。

很多人在写信的时候发现，有些想法是在写的过程中出现的，而这些想法往往让写信的人也感到吃惊。它们是埋在心底的一颗种子，在写作和思考的过程中，它们发芽了。

把它们写下来，它们就能生根发芽，开花结果。

亲爱的读者：

  你好！

  很开心你翻开这本《写作魔法书》。想必你已经了解到，它是一本创意写作指导书，里面有各种各样有趣的写作点子，在你写作的时候，为你提供一些创意和乐趣。

  写作这件事情有时候挺让人烦的，特别是遇到不喜欢的作文题目，那真是一个字都不想写。我曾经真的这样认为，所以很长时间以来，我都不愿意写东西。但是，你知道吗，随着慢慢长大，我竟然开始觉得写作很有意思！

  记得在一次旅行中，我望着月光下的大海，海面轻柔地涌动，反射出点点月光。此刻，文字竟同样在我心头涌动，最终像点点月光一样，映进我的脑海：

26 给老师的一封信

加勒比海的月光，
像是素妆的姑娘，
时而躲在薄云后浅笑，
时而摘下繁星戴在发上。

那深深的，深深的海洋，
澎湃着心中的波浪，
轻掬一捧，
映出一手皎洁的明亮。

有了这首诗，当时心里各种交杂的感触都得到抒发，心里生出一种前所未有的宁静。那晚的月光和海面，就这样定格在我的脑海里。我也真正体会到了写作的快乐与魔力。

我把这本书叫《写作魔法书》，是因为我觉得写作拥有神奇的魔法，它能让你经历各种不可能发生的事情，让你尽情地胡思乱想，让你拥有独一无二的体验，让你通过文字与自己、与读者对话。现在，这种魔法就掌握在你的手里，附在你的笔尖，快来给自己念一段咒语，开启你的魔法篇章吧！

祝你写作开心！

白铅笔

2019年4月3日

练习

给你的老师手写一封信。可以写给你最喜欢的老师,也可以写给你最不喜欢的老师,但一定得是你有话想对他说。把你想对他说的话告诉他。这不是一封提建议、挑毛病的信,所以我希望你在写信的时候想到的大都是他的优点,还有你发自内心最想和他说的话。在写信的时候,你得是真实的、诚恳的、善意的。

等你写好,把它装进信封里,找个机会送给老师吧。这将是你们之间的美好回忆。

对了,在送出去之前,最好把信件内容拍照留存。

⏰ 时间:15~20 分钟

📝 字数:500 字以上

26 给老师的一封信

27 读书笔记

养成阅读的习惯能让我们终身受益。遗憾的是，很多人除了写作业和应付考试之外，很少看书。

不论在什么年龄段，大量阅读都十分有益。趁着我们还在学校学习，有机会也有需要去大量阅读，就要抓住这个机会，多读一些书，特别是名著。当然，如果你有时间的话，也可以多读一些自己喜欢的作品类型，比如诗词、童话、科幻小说、校园故事。

养成写读书笔记的习惯，能够加深我们对自己读过的书的理解。可能过一段时间甚至是几年后，再看当初自己写的读书笔记，会惊讶于自己竟然有这么多想法，甚至发现：对于某些作品，我们在不同的年龄段有不同的感受。所谓经典，就是常读常新，你能看到自己在阅读中的成长。比如《红楼梦》这样的大部头，或者《小王子》这种篇幅较短的，你在不同年龄段看，都会因为你的成长经历、心理成熟度不同而获得不同的感受。这些感受没有优劣之分，它们是你成长的记录，代表了每一个时期的你的想法，都是十分珍贵的。

写读书笔记，需要先对你看完的书做个大概描述，时间久了，这些内容概况对你也是一种提示。在写这个部分的时候，可以参考书上提供的故事梗概、内容介绍等信息，再把你的理解和总结加进去。然后，把你对这本书的感受写下来。可以用这些问题启发思路：哪里最吸引你？哪里让你不解？哪里感动了你？哪里你觉得写得不好？另外，如果可能，我们还要参考一下其他人对这本书的评价。了解别人的观点，特别是权威人士对这本书、对你关注的问题的评价，有助于你保持一种批判性的眼光。

你还可以从书里摘录一些片段或者句子，找到那些能打动你，或者写得特别美、特别富有哲理意味、可以警示人的内容，把它们抄写下来。这样做，能帮你对书的内容留下更加直观的记录，它们是具体的，而不是概括性的描述。而且你以后可以把它们引用到你自己的作品中去。要知道，等到真正需要某个你在某本书里看到的、特别想引用的句子时，再临时到书里去找，无异于大海捞针。

下面这篇读书笔记，是我在 2009 年读完《留德十年》后写的，后来发表在报纸上。记得我在那一年读了好几本书，但是五年之后，能记得的只有这一本写了读书笔记的《留德十年》。这篇读书笔记可能有些长，如果你对某一本书想法很多，完全可以像我这样写长一点；如果你没有时间，或者想写的东西不是很多，那也可以只写几百字，甚至一句话，只要把你想到的东西表达清楚就好。

书名：留德十年
阅读时间：2009 年 7 月 8—10 日
作者：季羡林

那时只道是寻常——读季羡林《留德十年》

一

《留德十年》是季羡林先生作为回忆录,对自己在20世纪三四十年代赴德求学11年的回顾。谈及往事,季先生在"楔子"中说:

往日的时光,回忆起来,确实觉得美妙可爱。"那时只道是寻常",然而一经回忆,却往往觉得美妙无比,回味无穷。

翻开书页,十年清苦的留学生涯,点点滴滴,像一幅幅历史画卷,在我们眼前展开。从先生走过的街道,到经常散步的哥廷根山林,以及白雪下青翠的小草,一切都那么自然清新。每到一个地方,都可以通过先生的叙述,了解一地的面貌。而一个勤奋求学的留学生形象,也愈来愈清晰地显现出来。

先生一生涉足领域之广之深,国内外罕见。他精通英语、德语、梵语、吠陀语、巴利语,通晓吐火罗文,是印度史、佛教史的权威。正是在德国的学习,奠定了先生的研究方向,在今后70余载,他沿着这个方向,一直坚定地走着。

原定两年的留学计划,因战争的原因,延长到了10年。年轻学者对祖国和母亲的思念之情,真挚而深厚。在当时通讯不发达的情况下,外加接连不断的战争,让先生不由地感慨:"烽火连八岁,家书抵亿金。"

十年留学生活,充实而艰苦。亲历了有国不能回,亲历了饥饿,亲历了二战的始末,那样一种跌宕起伏的人生,光是想一想都让人觉得传奇而又危险四伏。但从先生朴实又充满诗意的文字间,我们读到的是坦然而又轻松的语句——一种经历一切之后的超然和平静。

这本书就像是给读者打开了一扇窗户,在夜读之际,由先生引领着,让我们看到那个战火年代德国的面貌,见到一个个治学严谨的德国教授,更目睹了一个远赴他乡的莘莘学子历经磨砺,在异国坚持求学的画面。

二

能够像先生那样,有将近一个世纪的往事可以回忆的人,在中国恐怕没有几个了。而这一个世纪,又是中国乃至整个世界发生巨变的世纪。作为一位学贯中西、造诣极深的学问大家,先生在后来几十年中勤奋严谨的治学风格,从十年留德经历中就可看到。每每读到此处,都不禁让人感动,同时崇敬之情油然而生。

被先生视为第二故乡的哥廷根,留住了他十年的岁月。在这座洋溢着浓郁的学术气氛的大学城里,作为年轻留学生的季羡林,找到了自己的道路和方向,那就是梵文。相信这样一门学问,在当时和70年后的今天,都不是一个热门的专业。然而就是在这条艰难坎坷的道路上,先生通过勤奋的学习和刻苦的钻研,用自己的双脚踏出了一条道路,并成就了后来的学术大厦。

人生百年，如梦如幻，能在这变幻莫测中有一份坚守，已十分难得；又能几十年如一日，在自己的领域里日积月累，直至硕果累累，此中的苦与乐，只有先生自己最明了，留给我们的，则是深深的感动。

　　我常常想，人的一生，在追求什么？有多少人，庸庸碌碌度过一生，似为名，似为利，似为情，似为那些大家都向往之的东西。得到的总嫌太少，失去时又觉不舍。还好有先生这样的学者，用他毕生的坚守，肯定地告诉人们：学者是什么样的，学问是什么样的，孜孜不倦的追求又是什么样的。

三

　　在《留德十年》一书中，我们可以读到不少关于先生的事情，其中不乏有趣的经历。比如：

　　初到德国柏林，一次，先生到肉食店买了点香肠，到了晚餐，泡好红茶，准备美美地吃上一顿。这时候，一咬香肠，发现肉是生的。第二天一早，先生跑去店里申诉，结果店员大笑着说，在德国，火腿就是生吃的，而且只有最好、最新鲜的肉，才能生吃。搞得先生在心里说自己是一个地道的"阿木林"。

　　二战时期，在哥廷根，粮食极其短缺。先生发誓要给他十分尊敬的老教授增加点营养，便从自己少得可怜的食物配额中硬挤。他大概一两个月没有吃奶油，又弄到面粉和珍贵的鸡蛋以及白糖，到蛋糕店烤了一个蛋糕，捧到了老教授夫妇面前。

能够到哥廷根来跟西克教授这样一位世界权威学习吐火罗文，是许多学者的愿望。已过古稀之年的西克教授提出要教先生吐火罗文，丝毫没有征询意见的意味，他也不留给先生任何考虑的余地。他提出了意见，立刻安排时间，马上就要上课。先生被深深地感动了，便下定决心，扩大自己的摊子，"舍命陪君子"。

随着二战的结束，先生终于回到了日思夜想的祖国。这11年的岁月，是整个世界战火纷飞的年代，对于我们来说，是属于历史书上的知识；对于先生来说，却是他的亲身经历。他用娓娓道来的语言，讲述着自己的过去，为那些故人、故地感动着。用先生自己的话来说，要写这样一个回忆录，"我必须把这十一年的生活再生活一遍，把我遇到的人都重新召唤到我的眼前，尽管有的早已长眠地下了，然而在我眼前，他们仍然都是活的。同这些人相联系的我的生活中，酸甜苦辣，五味俱全。我前后两次，在四十天和四个月内，要把十一年的五味重新品尝一番。这滋味决不是美好的。我咬紧了牙，生活过来了……"

是的，先生用他的回忆录召唤着他的故人。我们也通过这本书，仿佛又见到了先生，就这样面对面地，听他讲述那些往事……

> **练习**

下面列出了一个书单,在家里的书架上找一找,或者到图书馆借来其中的三本,给每本书都写一篇读书笔记。注意,看书时如果遇到不认识的字,通过上下文能够理解的,就不必去查字典,毕竟我们不是在学习认字,而是在阅读。经常停下来查字典会影响到阅读的质量。

(1)《小王子》

(2)《窗边的小豆豆》

(3)《哈克贝利·芬历险记》

(4)《汤姆·索亚历险记》

(5)《海底两万里》

(6)《草房子》

(7)《写在人生边上》

(8)《谈美》

(9)《苏菲的世界》

(10)《麦田里的守望者》

(11)《少年维特的烦恼》

(12)《梵高传》

(13)《狼图腾》

(14)《文化苦旅》

(15)《目送》

(16)《老人与海》

(17)《简·爱》

(18)《成为作家》

建议你找一个本子,专门用来写读书笔记。写的时候,可以按照后面的格式写，也可以根据你的需要增加栏目，但不宜太多。如果你想按自己的设想写读书笔记，都没有问题。对于长短、格式、内容，你完全可以依照自己的喜好来决定，哪怕只有一句话，只要你有想法，就把它记录下来。千万不要找借口往后推，这样做的结果往往是不写。

书名：＿＿＿＿＿＿＿＿＿＿＿＿＿＿＿＿＿＿＿＿＿＿＿＿

阅读时间：＿＿＿＿＿＿＿＿＿＿＿＿＿＿＿＿＿＿＿＿＿

作者：＿＿＿＿＿＿＿＿＿＿＿＿＿＿＿＿＿＿＿＿＿＿＿＿

内容介绍：

读后感：

内容摘录：

28 写游记

你喜欢旅游吗？都去过哪些地方？最喜欢哪里？

如果只把这些地方留在回忆里和照片上，甚至很多照片只是保存在手机或电脑里，都没有冲洗出来，我们关于这个地方的回忆就会随着时间流逝慢慢变淡，最后可能只剩下照片证明我们去过那里，以及与照片相关的一些零碎的记忆。

把你去过的地方写下来，是记录个人经历和感受的好办法。古话说，读万卷书，行万里路。如果对这万里路留下万字言，那就更有意义了，不仅是对写作技巧的锻炼，也是对自己人生的记录。

游记首先是关于地方的。这个地方是什么样的，它的外部特征如何，它的文化历史如何，你到达之后发现这里和自己之前理解的有什么不同。

其次是关于人的。文化与历史，风土与人情，无不因为人而存在。即便是自然风景区，也有人的痕迹：或者是对自然景观的破坏，或者是为保护环境做出的努力，或者是人与自然的和谐统一。写一个地方写到了人，内容就有了提升的空间。

有了地方，有了人，就有故事。你在这里听到什么故事，或者看到、亲身经历了什么事情，都可以记录下来。

要注意，在写游记的时候，一定要避免陈词滥调。描写西湖多么美丽、悬空寺多么险峻，这样的描述已经多得不能再多，所以不能放任自己对大家都了解或者都看得到的地方做太多渲染甚至夸张。我建议你着重写那些能够引起你特别注意的、特别是与人有关系的地方。游记切忌过分渲染，精心地选择恰当的词汇十分重要。在写人、写地方、写故事、写细节的时候，试着把我们前面练习过的写作技巧运用进来，让游记成为你旅途最好的见证。

我曾经去过的印象最深的地方，是位于墨西哥的一处玛雅遗址。从那里回来后，我用一首小诗记录下我对这个地方的印象。这首诗写得谈不上有多好，但是直到现在，每次我读到它，都能唤起当时那种强烈的感受。

玛雅遗址土伦城游记

不敢相信我曾如此近距离靠近你
用眼神触摸你古老而沧桑的身体
美丽的墨西哥海湾蜷伏在你脚下
温柔的热带海风眷恋着你的墙壁

交错千年的灌木守护着你的宫邸
一次偶然的海难使人类走到这里
若不是你冥冥中指引意图的安排
人们怎能看到你一直隐藏的美丽

站在你用城墙围起的昔日乐园里
用心感受你五千年前岁月的朝夕
曾经的文明与繁荣已被历史掩埋
出入你城池的人不再是你的后裔

终于平复了初见你时激动的呼吸
用眼耳鼻喉舌体味你异域的气息
低矮的门窗描绘着你短小的身躯
辉煌的神殿显示你对神灵的敬意

这个美好如外星世界的小小城池
记录文明繁衍昌盛与衰落的痕迹
也许几千年后我们亦将成为你们
也许我们会相遇在另外的世界里

练习

从你拍过的旅行照片里挑出一张,写一篇游记。写之前,先仔细回忆一下你在那里都看到了什么、听到了什么、想到了什么,什么人、什么事情让你印象深刻。写的时候请注意,你的游记里要有地方、有人,以及人与地方之间的故事。写完以后,用几分钟读一遍,做些修改,然后把它保存好。

- 时间:20 分钟
- 字数:500 字以上

28 写游记

你有没有把你每次做的写作练习保存好？你可以把它们订到一起，或者装在一个袋子里。当你在写作中觉得不知写什么时，拿出来看看，说不定会有意外的收获。

祝你写作开心！

28 写游记

写作是＿＿＿＿＿＿＿＿

_____

_____

_____

_____

_____

_____

_____

_____

_____

请再以"写作是＿＿＿＿＿＿"为题，重新写一首小诗。

人大社青少年写作书目

中国人民大学出版社一直致力于为青少年出版充满创意的写作书，激发孩子的写作思路，让孩子在写作中发现自我、表达自我，同时学习写作技巧，提高写作水平。

写作不只是写作文，它是一种充满想象力的创作，能够极大地拓展人的思维和表达能力，更是一种可以伴随孩子一生的技能。这里有通过画画启发创意思维的《写写画画故事书》，有美国获奖作家系统讲授写作方法与技巧的《写作大冒险》和《小作家手册》，有儿童文学作家带来的《作文课》，有写作大赛名师的课堂再现《丁丁老师创意作文课》……在这里，你能找到孩子喜欢读的写作书。希望人大社写作书不仅能帮孩子学到写作技巧，还能让孩子真正地爱上写作。

书名	作者	出版日期	介绍
《写写画画故事书》（套书五册，赠日记书）	白铅笔	2018年7月	适读年龄：6~9岁。孩子的第一套创意写作启蒙书，让孩子创作出属于自己的绘本故事。
《写作大冒险——惊喜不断的创作之旅》	[美]凯伦·本克	2018年10月	适读年龄：9~18岁。来自美国的超酷创意写作书，可以撕、可以写、可以画、可以玩。
《小作家手册——故事在身边》	[美]维多利亚·汉利	2019年2月	适读年龄：9~18岁。获奖作家为你揭开写作的秘密，你也能成为一名真正的小作家。
《丁丁老师创意作文课——教你写出有个性的作文》	丁丁老师	2018年10月	适读年龄：9~12岁。写自己、写家人、写游记、写场景、写生活，告别套路，教你写出与众不同的味道。
《丁丁老师创意作文课——教你写出会思考的作文》	丁丁老师	2018年10月	适读年龄：9~12岁。写推理、写变形故事、写说明文、写议论文，让你的作文会呼吸，写出自己独特的思考。
《写作魔法书——28个创意写作练习，让你玩转写作》（修订版）	白铅笔	2019年6月	适读年龄：9~15岁。好玩的创意写作练习，你的笔一写就停不下来。写作的魔法就藏在你的脑袋里，快来试一试！
《写作魔法书——让故事飞起来》	[美]加尔·卡尔森·莱文	2014年6月	适读年龄：9~15岁。纽伯利奖获奖作家分享写作秘密，帮你找到绝佳的故事创意。
《作文课：让创意改变作文》	谭旭东	即将出版	适读年龄：9~15岁。贴近中小学生生活的写作课，教你把创意用到写作中。
《写写画画日记书》	白铅笔	即将出版	适读年龄：6~9岁。孩子爱画爱写的日记书，有趣的引导创意多多，让孩子爱上写日记。
《成为小作家》	李君	即将出版	适读年龄：9~12岁。语文名师手把手教你写作，写出自己独一无二的作品。

书名	作者	出版日期	介绍
《少年未来说》	曹文轩 高秀芹	2019年6月	适读年龄：6～12岁。"北大培文杯"全国青少年创意写作大赛优秀作品（第1季），展现青少年天马行空的想象力和精妙灵动的文字水平。
《写给未来的自己》	刁克利 高秀芹	2019年6月	适读年龄：10～18岁。"北大培文杯"全国青少年英文创意写作大赛优秀作品（第2季），用英语展现创意与写作，向未来出发。
《北大清华学长的写作黑科技》	《意林》编辑部	即将出版	适读年龄：12～18岁。北大、清华学长分享自己的写作秘密，四十位高考作文学霸的走心经验谈。
《爱追剧？那你的作文有救了》	郭建华	即将出版	适读年龄：12～18岁。电视剧里有门道，藏着作文高分的小秘密。换个角度看电视，既追了剧，又写了作文。

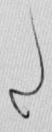